Emmanuel Aquin

La mission de Magma

Illustrations de
Luc Chamberland

Inspiré de la série télévisée Kaboum,
produite par Productions Pixcom inc.
et diffusée à Télé-Québec

la courte échelle

Les éditions de la courte échelle inc.
5243, boul. Saint-Laurent
Montréal (Québec) H2T 1S4
www.courteechelle.com

Révision:
Nicolas Gisiger et André Lambert

Conception graphique de la couverture:
Elastik

Conception graphique de l'intérieur:
Émilie Beaudoin

Infographie:
Pige communication

Dépôt légal, quatrième trimestre 2007
Bibliothèque nationale du Québec

D'après la série télévisuelle intitulée *Kaboum* produite par Productions Pixcom Inc. et télédiffusée par Télé-Québec.

La courte échelle reconnaît l'aide financière du gouvernement du Canada par l'entremise du Programme d'aide au développement de l'industrie de l'édition pour ses activités d'édition. La courte échelle est aussi inscrite au programme de subvention globale du Conseil des Arts du Canada et reçoit l'appui du gouvernement du Québec par l'intermédiaire de la SODEC.

La courte échelle bénéficie également du Programme de crédit d'impôt pour l'édition de livres — Gestion SODEC — du gouvernement du Québec.

Catalogage avant publication de Bibliothèque et Archives nationales du Québec et Bibliothèque et Archives Canada

Aquin, Emmanuel

La mission de Magma

(Kaboum; 1)
(Série La brigade des Sentinelles)
Pour enfants de 6 ans et plus.

ISBN 978-2-89651-041-2

I. Chamberland, Luc. II. Titre.

PS8551.Q84M57 2007 jC843'.54 C2007-942059-1
PS9551.Q84M57 2007

Imprimé au Canada

Emmanuel Aquin

La mission de Magma

Illustrations de
Luc Chamberland

la courte échelle

Les Karmadors et les Krashmals

Un jour, il y a plus de mille ans, une météorite s'est écrasée près d'un village viking. Les villageois ont alors entendu un grand bruit: *kaboum!* Le lendemain matin, ils ont remarqué que l'eau de pluie qui s'était accumulée dans le trou laissé par la météorite était devenue violette. Ils l'ont donc appelée… *l'eau de Kaboum*.

Ce liquide étrange avait la vertu de rendre les bons meilleurs et les méchants pires, ainsi que de donner des superpouvoirs. Au fil du temps, on a appelé les bons qui en buvaient les *Karmadors*, et les méchants, les *Krashmals*.

Au moment où commence notre histoire, il ne reste qu'une seule cruche d'eau de Kaboum, gardée précieusement par les Karmadors.

Le but ultime des Krashmals est de voler cette eau pour devenir invincibles. En attendant, ils tentent de dominer le monde en commettant des crimes en tous genres. Heureusement, les Karmadors sont là pour les en empêcher.

ϟϟϟ

Les personnages du roman

Magma (Thomas)

Magma est un scientifique. Sa passion : travailler entouré de fioles et d'éprouvettes. Ce Karmador grand et plutôt mince préfère la ruse à la force. Lorsqu'il se concentre, Magma peut chauffer n'importe quel métal jusqu'au point de fusion.

Titania (Gina)

Titania est prête à tout pour protéger les enfants contre les attaques krashmales. Elle est déterminée et courageuse, et ses muscles peuvent devenir aussi durs que du titane. Elle est appréciée de tous les Karmadors et de tous les petits.

Mathilde Cardinal

C'est la grande sœur de Xavier et elle n'a peur de rien. À neuf ans, Mathilde est une enfant un peu grande et maigre pour son âge. Sa chevelure rousse et ses taches de rousseur la complexent beaucoup. En tout temps, Mathilde porte au cou un médaillon qui lui a été donné par son père.

Xavier Cardinal

Xavier est plus fasciné par la lecture que par les sports. À sept ans, le frère de Mathilde est un rêveur, souvent dans la lune. Il est blond et a un œil vert et un œil marron (source de moqueries pour ses camarades à l'école). Xavier, qui est petit pour son âge, a hâte de grandir pour devenir enfin un superhéros, un pompier ou un astronaute.

Pénélope Cardinal

Pénélope est la mère de Mathilde et de Xavier. Cette femme de 39 ans est frêle, a un teint pâle et une chevelure blanche. Elle est atteinte d'un mal inconnu qui la cloue dans un fauteuil roulant.

STR (Esther)

Esther est la propriétaire de l'Épicerie Bordeleau et la tante de Paul. Elle a été nommée grande chef de tous les Karmadors. Sévère mais juste, elle est respectée par toutes les personnes qui la côtoient.

Shlaq

Ce terrible Krashmal s'habille comme un motard. Il est trapu et a la carrure d'un taureau – il a d'ailleurs un gros anneau dans le nez, et de la fumée sort de ses narines lorsqu'il est énervé. De ses mains émanent des rayons qui ont pour effet d'alourdir les gens : il peut rendre sa victime tellement pesante qu'elle ne peut plus bouger, écrasée par la gravité.

Grouloug

Grouloug est la plante domestique de Shlaq. C'est une plante carnivore terrifiante : elle a une gueule assez grande pour avaler toute une personne !

Chapitre 1

La journée a très mal commencé. Riù et Embellena ont empoisonné les réservoirs d'eau potable de la grande ville. Ceux qui en ont bu ont une fièvre et des coliques très douloureuses. La cité est sans défense et à la merci des Krashmals.

Un bon nombre de Karmadors sont affectés par l'eau empoisonnée. Et des centaines de milliers de civils aussi. Il faut de grandes quantités d'antidote pour soigner la population. Le laboratoire de chimie des Karmadors peine à fournir les doses nécessaires.

Dans le quartier général des Karmadors, installé sous l'Épicerie Bordeleau, Esther, dont le nom de code est STR, est inquiète. Elle est seule devant la console principale. Les Karmadors sont tous en mission. La situation est grave. Esther reçoit un appel...

– STR, ici Titania. Riù et Gyorg ont été aperçus près de la banque. Je les soupçonne de vouloir l'attaquer.

– Bien reçu, Titania. J'envoie Khrono sur place immédiatement!

– Et l'antidote, il arrive? Les hôpitaux débordent, les gens sont malades!

Esther soupire:

– Les chimistes sont en retard.

ϟϟϟ

Au laboratoire, Thomas mélange des ingrédients chimiques et remplit des contenants de sirop. L'interphone sonne pour la dixième fois depuis ce matin : c'est Esther.

— Alors, mon antidote ? s'impatiente-t-elle.

Thomas est intimidé par Esther. Il la trouve sévère et autoritaire, même s'il sait que c'est une excellente chef.

— Bientôt, STR. Je fais mon possible !

— Dépêche-toi ! lance-t-elle en raccrochant.

Thomas retourne à ses fioles d'un pas lourd. Il a raison d'être fatigué : les deux Karmadors qui travaillent normalement avec lui sont malades eux aussi. Et sa patronne, Thermica, est en mission à l'extérieur de la ville. Il ne reste que lui, un jeune homme mince, au grand menton et aux lunettes épaisses.

Thomas doit fournir 140 litres de sirop aujourd'hui et il n'en a produit que 48. « Être un superhéros n'est pas toujours amusant », se dit-il. Car malgré ses airs de maigrichon, Thomas est un Karmador, lui aussi !

Hélas, son pouvoir n'est pas très impressionnant. Surtout si on le compare à celui de Titania, qui peut devenir dure comme du titane, ou à celui de Khrono, qui peut arrêter le temps.

Thomas, dont le nom de code est Magma, n'est capable que d'une chose : chauffer le métal.

Voilà pourquoi on lui a proposé un poste au laboratoire.

Chauffer le métal est extrêmement utile en chimie.

Thomas fait des tas de trucs en mettant des liquides dans des récipients métalliques. Par exemple, il peut les réchauffer très rapidement, les porter à ébullition ou même les faire évaporer. Quand il se concentre très fort, il peut également faire fondre certains métaux.

Aujourd'hui, il prépare du sirop pour guérir les citoyens. Demain, il fera des expériences complexes avec des liquides instables. C'est ça, la vie d'un chimiste.

Mais voilà, Thomas aimerait mieux être un guerrier. Se battre comme un vrai superhéros. Sauver le monde ! Il s'ennuie dans le labo, loin de l'action. Il espère qu'un jour on l'enverra en mission sur le terrain.

⚡⚡⚡

Dans la petite ville voisine, loin du laboratoire de Thomas et de l'Épicerie Bordeleau, se trouve une ferme. Et dans le jardin de cette ferme, une petite fille joue au ballon avec son jeune frère.

Elle, c'est Mathilde. Elle a neuf ans, de longues jambes maigres et de gros genoux. Ses cheveux sont tellement roux qu'ils sont orange. À l'école, on l'appelle «La Citrouille» et elle déteste ça.

Lui, c'est Xavier. Il a sept ans et est petit pour son âge. Il a un œil marron et un œil vert. Il est né comme ça. C'est un phénomène rare.

Xavier devrait être content d'être unique à ce point. Sauf qu'il déteste ça. Il préférerait avoir les yeux bleus de sa sœur. Et elle, elle aimerait mieux avoir les cheveux blonds de son frère.

Soudain, un grondement résonne. Le sol vibre, on croirait qu'il y a un tremblement de terre. Mathilde et Xavier se regardent, interdits. Que se passe-t-il ?

Un nuage de poussière apparaît au fond du terrain. On entend un vrombissement. Les enfants prennent peur.

Une grosse moto avec de larges pneus cloutés leur fonce dessus !

— Viens, Xavier, rentrons à la maison ! crie Mathilde.

Le jeune garçon est trop fasciné pour bouger. La moto s'arrête devant lui. En fait, on dirait une automobile, à cause de sa cabine fermée. On a peint une gueule pleine de crocs sur la carrosserie, ce qui lui donne une allure encore plus terrible.

Une porte s'ouvre sur le côté. Un homme gigantesque, tout en muscles, au crâne rasé, sort du véhicule. Il est habillé de cuir noir et a un sourire mauvais.

Xavier comprend aussitôt qu'il s'agit d'un Krashmal.

Mathilde prend son frère par la main pour l'entraîner loin de ce cauchemar. Le Krashmal a un gros anneau de métal dans le nez, tel un taureau.

— Shlaq te tient! rugit-il devant le petit garçon.

Xavier est paralysé par la peur. La brute l'attrape par le bras et le soulève dans les airs. Mathilde pousse un cri horrifié.

L'enfant se débat comme un poisson qu'on vient de pêcher. Mathilde est très courageuse: elle veut tellement protéger son frère qu'elle oublie d'avoir peur!

— Laissez-le ! Il ne vous a rien fait ! hurle-t-elle en assénant un coup de pied au barbare.

Le Krashmal souffle de la fumée par ses narines. Il examine Mathilde de la tête aux pieds. Puis ses yeux deviennent tout ronds. Sa gueule s'étire en un sourire épouvantable.

— Tu as raison ! répond-il de sa grosse voix. Le petit moustique n'a rien fait à Shlaq. Mais toi, par contre…

Il lâche Xavier. Mathilde aide son frère à se relever tandis que le Krashmal s'approche d'elle. Xavier retrouve ses esprits et court vers la maison. Mathilde voudrait le suivre, mais le gorille lui bloque le chemin.

— Pas si vite ! Toi, tu viens avec Shlaq !

Impitoyable, il s'empare de Mathilde comme on cueille une fleur. Elle crie et se débat en agitant ses longues jambes maigres.

Avec la rouquine sous le bras, le Krashmal regagne sa moto monstrueuse. La porte se referme, le moteur rugit.

Le véhicule démarre en trombe et soulève derrière lui un nuage de terre et d'herbe arrachée. Il retourne d'où il est venu en laissant sur son passage un sillon de destruction.

⚡⚡⚡

Au quartier général des Karmadors, Esther est jointe par la police. La mère de Mathilde a lancé un appel de détresse: sa petite fille a été enlevée par les Krashmals ! Esther est découragée : les Karmadors sont débordés.

Elle serait prête à se charger de cette mission elle-même, mais elle doit rester à son poste pour coordonner la défense contre Riù et Embellena. Elle n'a donc pas le choix d'envoyer le seul Karmador disponible: Magma!

ϟϟϟ

Quand Thomas, qui est toujours au laboratoire, apprend qu'il part en mission, il lève les bras au ciel. Enfin! Il va prouver à tout le monde qu'il est un grand super-héros, lui aussi!

Chapitre 2

Mathilde s'est calmée. Elle a compris qu'il est inutile de se battre contre un Krashmal fort comme un bœuf. Elle est recroquevillée à l'arrière du véhicule. Son agresseur conduit sans lui prêter attention.

Le grondement du moteur est assourdissant, et la cabine est secouée dans tous les sens.

Par la lunette arrière, Mathilde ne voit presque rien, sinon de la fumée et de la poussière. Elle a posé plein de questions à son ravisseur, mais il n'a pas dit un seul mot. Tout ce qu'elle a réussi à comprendre, c'est que le fameux Shlaq dont il parle, c'est lui-même! Il parle de lui à la troisième personne. Il doit être fou!

Mathilde aimerait comprendre pourquoi il l'a enlevée. S'il lui expliquait, elle serait moins effrayée. Malgré tout, elle est contente que ce soit elle plutôt que son frère qui ait été kidnappée. Le pauvre Xavier est tellement petit, Shlaq n'en aurait fait qu'une bouchée!

La moto sursaute. Mathilde jette un coup d'œil par le pare-brise: le véhicule quitte la route et fonce directement vers une grosse paroi rocheuse! Ils vont s'écraser! La rouquine ferme les yeux…

Le choc terrible ne se produit pas. Une porte dissimulée dans les rochers s'est ouverte au dernier moment.

Mathilde rouvre les yeux. La moto roule dans un tunnel ténébreux pendant quelques secondes, puis elle aboutit dans une caverne. Shlaq freine et éteint le moteur. C'est le silence. Le Krashmal se retourne vers la fillette :

– Terminus ! Tout le monde descend !

Son bras musclé l'entraîne au dehors du véhicule. Mathilde se sent transportée comme une vulgaire poupée de chiffon. Elle pousse un cri de colère qui résonne dans la grotte et réveille les chauves-souris.

ϟϟϟ

Thomas arrive au quartier général, le QG. Pour la première fois depuis longtemps, il a enfilé son uniforme de Karmador orange et noir. Évidemment, le costume serré souligne sa maigreur. Il porte une veste par-dessus pour se donner un air plus imposant.

— Ta mission est de retrouver la petite Mathilde ! lui annonce Esther.

Magma gonfle sa poitrine pour montrer qu'il n'a peur de rien.

— Ne vous inquiétez pas, STR, je la sauverai des mains des Krashmals.

Esther voit bien que Magma ne réalise pas le danger qui l'attend :

— Sois prudent. Nos dossiers indiquent que ton adversaire est le redoutable Shlaq. Il a le pouvoir de rendre les gens très lourds. On dit qu'il est encore plus cruel que les autres Krashmals.

La poitrine de Magma se dégonfle.

— Qui va m'accompagner au cours de cette mission ?

Esther secoue la tête :

— Tous les Karmadors sont occupés. Tu seras seul.

Magma avale difficilement :

— Seul ?

— Bonne chance ! lance Esther en lui faisant signe de partir.

— Mais mon travail au laboratoire ? L'antidote que je dois produire ? s'inquiète Magma.

— J'ai ordonné à Thermica de revenir immédiatement. Elle va te remplacer. Allez, ouste !

Magma s'apprête à partir, la mine basse. Esther l'interpelle :

— Ah oui, j'oubliais. Tu vas utiliser un moyen de transport expérimental : le JKar-117A. Tu le trouveras près de la porte de sortie.

— Expérimental ? s'inquiète Magma.

— Ne t'en fais pas, nous allons te fournir le manuel d'instruction.

Magma quitte le QG. À côté de la porte l'attend son moyen de transport expérimental : on dirait un pogo à réacteur. Le Karmador le ramasse, ainsi que le gros manuel d'instruction qu'Esther a posé à côté.

Nerveux, Magma se rend au parc des Hirondelles, près de l'Épicerie Bordeleau. Les passants lui envoient la main pour le saluer : les Karmadors sont très populaires auprès du public. Il tente d'avoir l'air confiant. Mais au fond, il a déjà hâte de retourner dans son laboratoire !

Il s'assoit sur un banc et consulte le manuel du JKar-117A. L'utilisation de cet engin semble assez facile. Le guidon permet de contrôler la trajectoire et un petit ordinateur de bord peut être programmé pour que le pilotage soit automatique.

Après avoir lu les instructions, Magma met les pieds dans les sangles du JKar. Puis, les mains sur les poignées, il met l'appareil en marche. Un bruit sourd lui remplit les oreilles.

Soudain, Magma s'envole. Il a l'impression d'être dans un ascenseur fou, alors il ferme les yeux. Quand il les rouvre, il est très haut dans les airs. En dessous de lui, la ville est toute petite. Magma a mal au cœur. Le pauvre, il a le vertige!

Après quelques pénibles minutes, il aperçoit la petite ville. Une chance que le JKar est rapide, comme ça le vol dure moins longtemps.

L'adresse de la ferme de Mathilde a

été programmée dans le système de pilotage : l'appareil se guide tout seul dans le ciel.

Une fois arrivé au-dessus de la ferme, Magma amorce son atterrissage. Il descend prudemment et…

Bang ! Il s'étale de tout son long dans l'herbe. Le choc résonne dans chacun de ses os. Elle n'est pas au point, cette machine ! Magma se relève et secoue la terre de son uniforme. La prochaine fois, il voyagera en voiture.

Xavier court à sa rencontre. Le jeune garçon est tout excité :

– Wow, c'est la première fois que je vois un Karmador d'aussi près !

Magma sourit. Les paroles de Xavier lui redonnent courage.

– Salut, bonhomme. Je m'appelle Thom… Magma. Je suis venu pour venir en aide à ta sœur.

Magma se mord les lèvres : un peu

plus et il allait révéler son identité secrète. Il se sent comme un débutant. Xavier lui prend la main pour l'emmener à la maison.

— Viens, Tomagma. Ma mère veut te parler.

Magma est impressionné par la grande maison.

Tous les escaliers ont été remplacés par des rampes d'accès. Les portes sont larges et les interrupteurs sont placés à un mètre du sol. Il est clair que cette demeure a été aménagée pour une personne en fauteuil roulant.

En effet, dans la cuisine, Magma rencontre la mère des deux enfants. Une belle femme qui n'a même pas quarante ans, mais qui a les cheveux tout blancs. Elle est maigre, probablement parce qu'elle souffre d'une maladie, et est assise dans un fauteuil roulant électrique.

Magma lui sourit en lui tendant la main. C'est Xavier qui fait les présentations:

– Maman, voici Tomagma. Il est venu sauver Mathilde!

– Bonjour, Tomagma. Je m'appelle Pénélope.

Magma lui serre la main délicatement: elle a l'air tellement fragile!

– Selon nos informations, Mathilde aurait été enlevée par Shlaq. Je vais inspecter les environs pour découvrir son repaire. Je suis sûr qu'il n'a pas fait de mal à votre fille.

– Mathilde est saine et sauve, dit Pénélope sans hésiter.

Magma est surpris par cette affirmation:

– Comment le savez-vous?

– C'est mon instinct. Je suis persuadée que ma fille va bien. Mais je ne sais pas pour combien de temps encore. Alors dépêchez-vous de la retrouver.

Ces paroles fouettent le Karmador:

– J'y vais de ce pas!

ϟϟϟ

Shlaq transporte Mathilde à travers un réseau de cavernes et de souterrains.

Ils franchissent une porte d'acier et accèdent à une pièce sinistre. Une immense plante carnivore est attachée par une chaîne au mur du fond. Elle a une

gueule assez grande pour avaler une personne. Mathilde est pétrifiée.

– C'est Grouloug, la plante domestique de Shlaq. Si tu n'obéis pas, elle te dévorera.

Mathilde n'en doute pas une seconde. Grouloug émet un grognement. Elle bouge! Pire encore, elle s'agite comme un chien au bout de sa chaîne! Elle renifle l'odeur de la jeune fille, qui se fait toute petite dans les bras de Shlaq. Ce dernier ricane:

– Grouloug te trouve appétissante.

Ils quittent la pièce et rejoignent un petit corridor. À un bout, une échelle monte jusqu'à une trappe, au plafond. À l'autre bout, une porte mène à une salle de contrôle remplie d'ordinateurs. C'est là qu'ils se dirigent.

Dans la salle, plusieurs écrans montrent des images transmises par des caméras de surveillance. Certaines proviennent de la caverne, et d'autres, de pièces que Mathilde n'a pas encore vues. On aperçoit même des arbres.

Mathilde en déduit que le repaire de Shlaq est probablement situé sous la forêt.

Soudain, une des consoles émet un signal d'alarme. Shlaq consulte l'ordinateur. Il souffle de la fumée par ses narines :

— Les détecteurs indiquent qu'un engin à réaction s'est posé dans les environs il y a quelques minutes. On dirait que les Karmadors veulent te sauver, petite verrue. Shlaq va devoir s'occuper de toi tout de suite !

Mathilde comprend que son temps est compté. Sans avertissement, elle étire le bras et appuie sur plusieurs boutons à la fois. Toutes sortes de bruits résonnent et Shlaq pousse un râle de mécontentement.

Profitant de cette distraction, Mathilde se défait de la prise du Krashmal.

— Reviens ici tout de suite ! hurle la brute.

Mais Mathilde n'a pas l'intention d'obéir. Elle court le plus vite possible dans le corridor.

Pour la première fois de sa vie, elle est heureuse d'avoir de longues jambes maigres avec de gros genoux : cela lui permet de courir plus vite que le taureau qui fulmine derrière elle.

Elle atteint l'échelle. Shlaq lui crie des injures tandis qu'elle escalade deux par deux les barreaux. Arrivée au sommet, elle ouvre la trappe.

Une bouffée d'air frais la rassure. Mathilde sort en quatrième vitesse et se retrouve au beau milieu de la forêt. La trappe se referme derrière elle. Le camouflage est excellent: il est impossible de distinguer l'entrée du repaire.

Mathilde poursuit sa course droit devant elle, dans la forêt. Tout autour, il y a des arbres à perte de vue. Elle est libre, enfin!

Sauf qu'elle est complètement perdue…

Chapitre 3

À la ferme, Magma se tient près des sillons laissés par la moto de Shlaq. Il glisse les pieds dans les sangles du JKar-117A et Xavier le regarde, très intéressé :

– Alors, tu vas t'envoler ?

Magma soupire. Il n'a pas le choix.

– Oui, je peux peut-être suivre les traces de Shlaq de là-haut.

Xavier est tout excité à l'idée d'assister au décollage. Pénélope l'observe derrière le rideau d'une des fenêtres. Magma empoigne le guidon de son engin et fait le vœu de ne plus jamais voler de sa vie.

Le Karmador s'élève avec grand bruit. Les réacteurs du JKar le propulsent dans les airs sous les applaudissements de Xavier. Magma a mal au cœur, mais il le cache. Il se concentre sur la tâche à accomplir. Retrouver Mathilde…

ϟϟϟ

Dans la forêt, la petite court à en perdre le souffle. Tous les arbres se ressemblent. Elle a l'impression de tourner en rond. Shlaq n'est pas loin derrière. Il est aussi essoufflé qu'elle.

– Attends que Shlaq t'attrape, sale vermine! Grouloug va te digérer pendant une semaine!

Cette menace donne des forces à la fillette, qui redouble d'ardeur.

Tandis qu'elle galope, elle perçoit le bruit lointain d'un réacteur. Au début, elle pense que c'est un avion qui vole haut dans le ciel. Mais elle se rend compte qu'il s'agit d'autre chose. On dirait une fusée. Serait-ce les Karmadors qui viennent à sa rescousse?

Pleine d'espoir, Mathilde scrute les nuages pour trouver la source du bruit. Si seulement elle avait un moyen de se faire remarquer. Derrière elle, Shlaq marche d'un pas lourd.

La fureur du Krashmal est telle qu'il crache énormément de fumée par le nez. Un nuage noir flotte autour de sa tête, ce qui l'enrage encore plus.

ϟϟϟ

Du haut des airs, Magma scrute le paysage en quête d'indices. Les traces de la moto disparaissent mystérieusement devant une paroi rocheuse. En dessous du Karmador, une forêt immense. Inutile de chercher Mathilde dans cette jungle, il ne la trouvera jamais. Il décide plutôt d'aller voir du côté du petit lac, un peu plus loin.

ϟϟϟ

Mathilde aperçoit la silhouette du Karmador volant dans le ciel. Elle pousse un hoquet de joie.

— Ici ! Je suis ici ! crie-t-elle de toutes ses forces, même si elle sait que sa voix ne parviendra pas aux oreilles du Karmador.

L'homme volant change de direction. Mathilde est découragée : s'il ne la repère pas, elle est fichue ! C'est alors qu'elle a une idée.

Elle s'empare de son médaillon. Ce bijou que lui a donné sa mère a été transmis de génération en génération dans sa famille. Il est de la taille d'une grosse pièce de monnaie et il contient en son centre une très belle pierre rouge.

Mais ce n'est pas la pierre qui est importante pour Mathilde. C'est le médaillon lui-même. Car il est en or. Et tout le monde sait qu'à la lumière l'or brille...

Sans perdre un instant, la fillette tend le bijou vers le soleil, puis tente d'orienter le reflet vers le Karmador volant.

Dans les airs, Magma sent que ses efforts sont futiles. Aussi bien chercher une aiguille dans une botte de foin. Pourtant, tout le monde s'attend à ce qu'il retrouve Mathilde saine et sauve. On compte sur lui et il ne veut décevoir personne. Vraiment, ce n'est pas facile d'être un superhéros!

Soudain, une petite lumière brille dans la forêt. On dirait un reflet. Est-ce un signal? Le point lumineux clignote un peu. Juste à côté s'élève une étrange fumée.

Tout ça n'est pas normal. La fumée… serait-ce un signe que Shlaq n'est pas loin? Magma se précipite vers la source lumineuse.

ϟϟϟ

En continuant sa course entre les arbres, Mathilde est soulagée de voir que le Karmador volant a repéré son signal. Le Krashmal est toujours derrière elle et ne se laisse pas semer. Il casse les branches sur son chemin en vociférant :

– Shlaq va t'arracher les jambes comme les pattes d'une mouche ! Il va te brûler les cheveux ! Te croquer les doigts !

La rouquine galope en priant le ciel que le Karmador la trouve avant le Krashmal. Elle crie de toutes ses forces pour que son sauveteur l'entende :

– Je suis ici ! Au secours ! Je suis poursuivie par un fou !

Le bruit du réacteur est à sa gauche, alors elle court dans cette direction. L'idée d'être sauvée lui donne des ailes, à elle aussi !

Le Karmador volant approche rapidement. Très rapidement. Mathilde le distingue bien maintenant. Il fonce vers elle. Elle ne sait pas comment il arrivera à se poser malgré tous ces arbres. Elle suppose qu'il a beaucoup d'expérience en matière de sauvetage.

Le superhéros traverse le feuillage à grande vitesse et avec grand bruit. Il rebondit de branche en branche. Mathilde entend quelques «aïe!» et «ouille!» bien sentis.

Le pilote termine sa chute au sol, tête première. Voilà un atterrissage qui manquait totalement de grâce. Peu importe : elle n'est plus toute seule !

Péniblement, le Karmador se relève, étourdi. Mathilde ne le trouve pas très musclé pour un superhéros. Son costume orange est déchiré partout.

Le jeune homme replace ses lunettes et la fixe avec une expression difficile à déchiffrer : est-ce de la confiance ou de la peur ?

– Salut ! Je suis Thom... Magma. Je suis Magma.

Il secoue la tête, découragé d'avoir encore failli trahir son identité.

– Moi, c'est Mathilde. Vite, j'ai un Krashmal à mes trousses !

Derrière la petite rouquine, une grosse silhouette toute de cuir vêtue galope comme un rhinocéros entre les troncs d'arbres. Magma frémit.

– Viens, il est temps de partir !

Mathilde obéit sur-le-champ et grimpe sur le JKar. Shlaq est tout près et crache de la fumée.

Magma empoigne le guidon de son engin. Pour la première fois, il est très content de s'envoler. Il décolle doucement en évitant les plus grosses branches.

Au sol, le Krashmal pousse un rugissement de colère en voyant sa proie lui échapper :

– Pas question que tu t'enfuies, petit crapaud ! Reviens ici immédiatement !

Il tend la main vers Magma, qui est déjà dans les airs. Un rayon d'énergie en jaillit.

Magma se sent lourd. Anormalement lourd. Le JKar-117A ralentit son ascension. Il devient plus bruyant. Le rayon de Shlaq fait effet. Magma s'inquiète. Il est de plus en plus pesant. Tellement que le JKar peine à le soulever.

Le pouvoir de Shlaq est redoutable :

lentement, Magma redescend vers le sol. Sous ses pieds, le JKar-117A tourne à plein régime.

L'appareil n'est pas conçu pour soulever une charge trop importante. Et le poids du Karmador augmente à chaque seconde. Magma se met à trembler, Mathilde tombe à genoux.

Le Krashmal a un sourire malsain en voyant ses victimes descendre vers lui. Il sent la victoire au bout de ses doigts.

Tandis que le rayon de Shlaq attire Magma vers le sol, le JKar le pousse vers le ciel. Le Karmador se cramponne à son guidon comme un nageur à une bouée. Mathilde est accrochée à ses jambes.

Soudain, le JKar-117A glisse entre les mains de Magma. Libéré, l'engin s'envole à la vitesse de l'éclair pendant que ses deux passagers tombent comme une pierre aux pieds du Krashmal.

— Alors, vous pensiez échapper à

Shlaq? dit la grosse brute pour les railler.

Écrasé par le pouvoir du Krashmal, Magma n'a même pas l'énergie de répondre. Il pèse une tonne. Il est tellement lourd qu'il a peine à respirer. Sa poitrine s'aplatit. Sa tête tourne. Il s'enfonce dans le sol en poussant un râle de douleur.

Il pense à Mathilde. Il doit la protéger à tout prix...

Tout devient noir. Il perd connaissance.

Chapitre 4

Magma se réveille doucement. Pendant une seconde, il se croit dans son laboratoire. Bien en sécurité au milieu de ses éprouvettes. Mais la triste réalité le rattrape aussitôt: il est dans le bois, pieds et poings liés.

Shlaq le transporte sur son épaule comme une poche de pommes de terre. Mathilde est sur l'autre épaule, attachée elle aussi.

Le Krashmal marche bruyamment entre les arbres, crachant de la fumée par les narines. Il est d'humeur massacrante alors qu'il cherche l'entrée camouflée de son repaire :

— Où est-elle, cette satanée trappe ? rugit-il. Ça fait une heure que Shlaq tourne en rond !

Magma tente de rassurer Mathilde en lui lançant un sourire encourageant. Elle soupire :

— Je croyais que tu venais me sauver.

Quelques secondes s'égrènent en silence. Mathilde a une idée :

— Est-ce que tu as un moyen de prendre contact avec les Karmadors ?

Elle dit *Karmadors* comme si lui n'en faisait pas partie.

— Absolument ! Nous utilisons un petit appareil qu'on appelle une *goutte* pour communiquer entre nous. Ça ressemble à un petit téléphone, mais…

— Vite ! lui siffle Mathilde, impatiente.

Elle a raison. Magma, limité dans ses mouvements, se tortille pour atteindre la poche de sa veste. Peut-être qu'en appuyant sur le bouton de détresse avec son menton…

La *goutte* n'est plus dans sa poche !

— J'ai dû la perdre pendant mon atterrissage, murmure Magma.

Mathilde ne dit rien. La colère monte en elle. Elle devient rouge et ses taches de rousseur disparaissent.

Magma soupire. Lui qui croyait que combattre les Krashmals était facile et glorieux...

On entend le bruit d'un réacteur qui s'approche rapidement. Magma secoue la tête : voilà probablement le JKar-117A qui retombe au sol.

Mais non ! Il s'agit du JKar-117B qui se pose en douceur. Titania ! Shlaq grogne un juron noir.

La belle Karmadore masquée atterrit juste devant Shlaq, qui jette ses deux prisonniers au sol pour pouvoir mieux se battre.

— Alors on s'attaque aux petits ? s'enquiert Titania en mettant pied à terre.

— C'est une longue tradition krashmale,

ricane Shlaq en serrant les poings.

Pendant ce temps, Magma se débat pour se défaire de ses liens. Mathilde est déjà en train de se libérer.

Titania avance vers Shlaq avec le courage qu'on lui connaît. Le Krashmal est méfiant face à cette puissante adversaire.

– Comment as-tu retrouvé Shlaq ? demande-t-il pour gagner du temps.

– Tu laisses une traînée de fumée derrière toi comme un vieux tacot qui pollue.

Sans avertissement, Shlaq tend la main pour projeter son redoutable rayon. Il atteint Titania en pleine poitrine. Elle recule, surprise.

– Plusieurs Krashmals ont peur de toi, Titania. Mais Shlaq ne craint personne !

La Karmadore ressent aussitôt les effets du pouvoir maléfique. Son poids double en quelques secondes. Puis il triple.

Titania n'a pas beaucoup de temps

pour agir. Alors elle avance vers Shlaq d'un pas très lourd. Lentement mais sûrement, elle se rapproche de son ennemi.

Le Krashmal commence à perdre confiance en voyant la Karmadore gagner du terrain. Il augmente l'intensité de son rayon.

Titania souffre, mais tient le coup. Ses pieds s'enfoncent dans le sol, elle doit lever les genoux à chaque pas. On dirait qu'elle marche dans de la neige profonde.

— Tu… ne… perds… rien… pour… attendre… articule-t-elle difficilement.

C'est à ce moment que Mathilde saute sur Shlaq et s'accroche à l'anneau de son nez. Le Krashmal est tellement surpris qu'il cesse d'émettre son rayon. Titania pousse un soupir de soulagement en retrouvant son poids normal.

Mathilde reste accrochée au nez du Krashmal et est secouée dans tous les sens. Elle ne lâche pas prise : une vraie reine du rodéo !

Derrière elle, Magma n'a toujours pas réussi à se défaire de ses liens. Quant à Titania, elle se redresse et rend ses muscles aussi durs que du titane.

Au moment où Shlaq réussit à se débarrasser de Mathilde, Titania lui enfonce son poing dans le ventre de toutes ses forces. Ouf! Il expire un gros nuage de fumée au visage de la Karmadore. Elle recule, aveuglée. Le coup était assez

puissant pour neutraliser un taureau. Mais Shlaq est plus solide que ça.

De son côté, Mathilde est tombée sur une grosse racine. Magma, toujours ligoté, s'approche d'elle pour s'assurer qu'elle n'est pas trop blessée. Il la distingue mal à cause de la fumée.

Titania tend la main pour repérer Shlaq dans le brouillard. Le Krashmal a battu en retraite afin de reprendre ses forces. Il choisit une grosse branche dont il compte se servir comme d'une massue. Quand la fumée se dissipe, il est prêt à affronter la Karmadore.

Titania secoue la tête, dégoûtée :

– Shlaq va goûter à ma médecine ! lui lance-t-elle.

Le Krashmal brandit son arme :

– Shlaq t'attend de pied ferme, petite Karmadore.

Titania pousse un cri de guerre en sautant sur son adversaire. Mais alors qu'elle est dans les airs, Shlaq émet son rayon pour l'alourdir. Elle s'écrase à ses pieds, plus surprise que blessée. Il en profite pour lui asséner un gros coup de massue sur la tête.

Une personne normale serait assommée. Heureusement, Titania est particulièrement robuste. Shlaq lui donne un autre coup. Et un autre. Titania faiblit.

Le Krashmal est sans pitié. D'une main, il frappe la Karmadore et, de l'autre, il utilise son rayon pour la clouer au sol.

Titania est défaite. Au seuil de l'inconscience, elle n'a aucune chance contre le pouvoir de Shlaq et sa massue. Comme Mathilde a été mise hors de combat, seul Magma peut l'aider.

Les fesses au sol, pieds et poings liés, le Karmador se concentre sur Shlaq. Il est temps d'agir comme un superhéros. Il est temps d'utiliser son pouvoir.

Magma fixe l'anneau du Krashmal avec intensité. Tranquillement, il fait monter la température de la boucle. Shlaq frappe toujours Titania. Son nez commence à le démanger.

Il lève sa branche pour donner un autre coup, mais son nez le fatigue. Il arrête son mouvement pour se gratter les narines.

Il se frotte maintenant le nez avec vigueur. Il ne comprend pas du tout ce qui se passe. Ni même que Magma en est responsable. Tout ce qu'il sait, c'est que son anneau devient brûlant!

Comment enlève-t-on une boucle soudée à son nez? Le Krashmal pousse un cri de douleur. La fumée de la chair qui brûle se mêle à celle qu'il crache par les narines.

La boucle est en fusion. Shlaq secoue la tête et pousse des gémissements qui font frémir. Il se frappe le visage pour briser l'anneau. Dans son désespoir, il se

met à courir et fonce tête première sur un tronc d'arbre. Il est assommé.

Mathilde n'en revient pas. Elle regarde Magma, impressionnée :

– Tu... tu l'as terrassé ! Toi ! Tu es un Karmador ! Un vrai de vrai !

Ce compliment lui fait chaud au cœur :

– Je t'avais dit que j'étais un superhéros. Maintenant, aide-moi à me détacher !

Tandis que Mathilde défait les liens de Magma, Titania reprend ses esprits. Elle se relève péniblement :

— Merci, Magma. Sans toi, j'étais perdue.

Le Karmador gonfle sa poitrine, fier de lui. Une question le chicote :

— Comment m'as-tu retrouvé dans la forêt ?

— Le JKar a un système d'alarme qui s'active dès qu'il perd son conducteur. Esther a aussitôt compris que tu étais en danger. Elle m'a donc envoyée à ta rescousse.

— Mais je croyais que tu devais protéger la grande ville contre les Krashmals ?

— Ne t'inquiète pas. Gyorg a accidentellement assommé Riù en voulant l'aider à cambrioler une banque et Embellena a tenté d'emballer un coffre-fort relié à une génératrice. Elle a reçu une décharge électrique qui lui a frisé les cheveux.

Mathilde considère Shlaq, étendu sur le sol. Même inconscient, il crache de la fumée. Son nez est tout noirci à cause de son anneau de métal :

– Qu'est-ce qu'on va faire de lui ? demande-t-elle.

Magma prend un air coquin :

– Je m'en occupe !

Il attache le Krashmal sur le JKar-117B en glissant le guidon sous sa veste de cuir. Puis Magma programme le pilote automatique. Direction : la prison spéciale des Karmadors !

Magma met en marche le JKar, qui s'envole aussitôt. Il regarde la silhouette s'éloigner vers les nuages. Il espère sincèrement que Shlaq a le vertige.

Chapitre 5

Les trois amis retournent en marchant à la ferme; grâce au système GPS de la *goutte* de Titania, le chemin n'est pas trop long. En cours de route, Magma profite de l'occasion pour poser une question:

– Titania, je me demandais... comment as-tu fait pour atterrir en douceur avec ton JKar?

Elle le dévisage, surprise:

– Eh bien, j'ai lu les instructions!

Ils arrivent à la maison de Mathilde. Xavier est heureux de revoir sa sœur et

Pénélope la serre longuement dans ses bras.

Mathilde désigne fièrement Magma du doigt :

— C'est Tomagma qui m'a sauvée. Sans lui, je serais dans le ventre d'une plante carnivore !

— Une plante carnivore ? s'exclame Xavier, intrigué.

Pénélope s'approche de Magma, dont le costume est déchiré :

— Vous avez risqué votre vie pour ma fille. Je vous remercie du fond du cœur.

En entendant cela, Magma se sent comme un vrai superhéros. Mathilde intervient :

— Si tu veux, Tomagma, je peux recoudre ton costume. J'abîme tout le temps mon linge, alors je suis devenue la reine du rapiéçage !

Le Karmador est touché par cette offre :

— C'est bien gentil de ta part. Mais je dois retourner chez moi. Je le ferai réparer là-bas.

La *goutte* de Titania sonne. C'est Esther qui vient aux nouvelles. Elle demande à parler à Magma. Ce dernier prend une voix sérieuse :

— STR, ici Magma. Mission accomplie. La petite est saine et sauve. Titania et moi sommes prêts à rentrer.

— Bien reçu, Magma. Mais tu vas devoir rester plus longtemps. Nous avons détecté beaucoup d'activité krashmale dans la région. Il est probable que nos ennemis préparent une nouvelle attaque.

La gorge de Magma se serre. Lui qui espérait rentrer au labo ! Il s'ennuie de sa vie tranquille, derrière ses contenants et ses éprouvettes, protégé des dangers extérieurs.

— Mais je pensais… enfin, j'espérais continuer mon travail au laboratoire.

— Thermica t'a remplacé. Elle a produit l'antidote en un temps record. La population est guérie. Ta consigne est de rester et de protéger la petite ville. Suis-je claire ?

Le ton d'Esther ne laisse aucune place à la négociation. Magma avale bruyamment. Il se retourne vers Titania :

— Est-ce que tu restes avec moi ?

— Désolée, mes ordres sont de regagner la grande ville.

— Mais que vais-je faire si les Krashmals reviennent en plus grand nombre ? Ou si Shlaq veut se venger ?

Titania hausse les épaules :

— Assemble une équipe. Il y a sûrement d'autres Karmadors qui peuvent t'aider.

Magma est découragé. Il n'a pas le goût de se battre de

nouveau ! Titania comprend ses inquiétudes. Elle le rassure :

— De toute façon, à l'heure qu'il est, Shlaq est probablement déjà en prison.

ϟϟϟ

Dans les nuages, le JKar-117B automatisé évite un oiseau de justesse. La secousse réveille Shlaq.

Il ouvre les yeux. En dessous de lui, il voit les routes se dessiner comme des lacets de bottine. Il constate avec horreur qu'il est suspendu à mille mètres dans les airs !

Il pousse un hurlement de frayeur et se tortille dans tous les sens. Il est attaché au guidon et les commandes ne répondent plus : le pilote automatique est activé. L'appareil refuse de s'arrêter ou de tourner. Le Krashmal est coincé.

— Ils vont regretter de s'être frottés à Shlaq ! rugit-il.

Ses options sont limitées. Il pourrait se détacher et tomber dans le vide. Mais il ne survivrait pas à la chute. Il pourrait également attendre que le JKar arrive à destination.

Sauf qu'il est probablement programmé pour le transporter dans un lieu de détention, comme la prison spéciale des Karmadors.

Il n'y a qu'une seule façon de s'en sortir. Il ouvre la main et la retourne vers lui. En fixant sa paume, il émet un rayon. Il se rend lourd. Très lourd.

Tellement lourd que le JKar commence à perdre de l'altitude. Le sol se rapproche. Shlaq pèse une tonne. Bientôt, le JKar va toucher le sol…

– Oh oui, ils vont le regretter! siffle-t-il en crachant de la fumée par son nez noirci. Shlaq va se venger!

Table des matières

Dans le prochain numéro...

Le secret de Gaïa

Maintenant que Magma a été chargé de protéger une petite ville contre les attaques du terrible Shlaq, il a peur de ne pas être à la hauteur.

Poursuivi par un Krashmal qui a juré de se venger et menacé par une plante carnivore prête à le dévorer, le pauvre Magma est débordé. Une chance qu'il n'est plus seul: il peut compter sur une jeune et timide Karmadore envoyée par STR, Gaïa.

Mais que cache cette mystérieuse Gaïa? Comment pourra-t-elle arracher Magma des griffes de Shlaq?